# Aventuras en el Cibao

*Germán Vázquez Chamorro*
*Ilustraciones de Felipe Giménez de la Rosa*

**_Nota del autor antes de leer este cuento:_**

*BERNALDILLO, el protagonista del cuento, y su novia LEONOR, son invención mía. El resto de los personajes, así como el entorno histórico y geográfico son rigurosamente auténticos.*
*Las aventuras de Bernaldillo transcurren durante el segundo viaje de Cristóbal Colón al Nuevo Mundo (1493-1495), y tienen lugar en la isla de La Española.*
*Colón pretendía colonizar las tierras descubiertas en el primer viaje. Por eso llevó consigo infinidad de personas de las más variadas profesiones.*
*El clima, la hostilidad de los indígenas y la pobreza de las Indias impidieron que se obtuvieran los resultados pensados, y Colón regresó derrotado a Europa.*
*Esta fue una de las razones por las cuales la Corona rompió el monopolio del marino genovés y concedió permiso a cuantos quisieran para explorar América.*
*A partir de 1499 salieron varias expediciones mandadas por antiguos compañeros de don Cristóbal. La más importante fue la de Alonso de Ojeda y Juan de la Cosa. Bernaldillo, una vez regresado a España, se enrolaría también en ella.*

NOTA: Algunas palabras destacadas o de más difícil comprensión aparecen en un vocabulario al final del libro.

ISBN: 84-216-1650-1
Depósito legal: M-39523-1991
Impreso en España - Printed in Spain.
Impresión: MELSA.
Fotocomposición y fotomecánica: SISTEGRAF.

# El muchacho del mesón

LA gran sala del mesón estaba casi vacía cuando entré. Cerca de la puerta había un par de mercaderes flamencos*, que hablaban del comercio de lanas en su extraña lengua; un poco más allá, cuatro estudiantes bebían grandes cantidades de vino de Valdepeñas mientras acosaban a la moza del local, una hermosa mora que esquivaba con gran habilidad las manos de los bebedores. El séptimo cliente era, por lo que pude ver, un hombre joven que miraba tristemente las rojizas llamas de la chimenea.

Mis amigos, que solían visitar el local con frecuencia, no estaban, y todo mi gozo desapareció. Había pensado compartir con ellos mis dineros antes de que mis múltiples acreedores se enterasen y me pusieran cerco. Mas, hete aquí que los pobres ducados*, generosamente anticipados por un impresor a cuenta de la *Ergástula* de la pasión*, una novela sentimental en la línea de la popular *Cárcel de amor* de Diego de San Pedro, corrían el peligro de sufrir el encierro de por vida en los cofres de los avaros prestamistas.

Como mi espíritu caballeresco no podía sufrir tamaña injusticia, arrojé la bien repleta bolsa a la bella mora, ordenándola que sirviera comida y bebida a cuantas personas hubiese en el mesón mientras quedase un maravedí*.

Las nuevas de mi generosidad se difundieron con la velocidad del rayo, y la parroquia se multiplicó por diez en un abrir y cerrar de ojos. Mis invitados, pues así los consideraba, dieron muestras de poseer un sano apetito y una inquebrantable alegría. Comieron a dos carrillos, bebieron el jugo de la planta de Noé sin tasa ni mesura, cantaron, gritaron, se pelearon... En fin, que todos se lo pasaron en grande salvo el caballero mancebo* de la chimenea, que porfiaba en su actitud lánguida y melancólica.

Por supuesto, yo no podía admitir aquella actitud tan despreciativa. Por tanto, cogí una jarra de buen vino blanco, me acerqué a su asiento y enseñándosela exclamé con voz fanfarrona:

—O vuestra merced toma la jarra y se la bebe, o tendrá que medir su espada con la de vuestro humilde servidor Íñigo Díaz de la Torre, licenciado por la muy digna Universidad de Alcalá, maestro en el noble arte de la esgrima y futuro autor de la gran novela la *Ergástula de la pasión.*

Durante unos segundos el color huyó de mi cara, porque pareció que el joven iba a aceptar el reto. Afortunadamente, mis últimas palabras le hicieron cambiar de opinión. Asió el recipiente con una ligera sonrisa y apuró su contenido de un solo trago.

—Así pues, sois poeta —dijo sonriendo mientras me devolvía la vacía jarra—. ¿Y qué sabéis vos del amor, mi noble señor? Supongo que mucho cuando os atrevéis a escribir sobre él.

El tono del muchacho era un tanto irónico; pero como mi olfato me decía que estaba en presencia de una historia interesante, dejé que mi honra descansara un rato y repliqué:

—Bastante. Mas como de vuestras palabras se deduce que vos sois catedrático en tal arte y yo sólo soy un simple licenciado, os ruego me dictéis una de vuestras lecciones magistrales.

—Si así queréis, así será —contestó el joven desconocido—. Escuchad y aprended.

# Rumbo a las Indias

ME llamo Bernal y nací en Cuenca. Mis padres eran de noble cuna, aunque ellos, al igual que vos, jamás lograron que los maravedíes* permanecieran más de diez minutos en sus arcas. Por esta razón mi padre decidió que yo debía aprender un oficio o profesión que me permitiera ganarme la vida. Como la milicia me estaba prohibida, pues poseo un cuerpo más bien endeble, y carecía de vocación religiosa, la única salida digna que me quedaba era el Derecho. Para un jurista de sangre hidalga resulta fácil obtener un puesto de la Chancillería* real. Además, según decía mi progenitor, un licenciado en leyes siempre sale adelante en estos reinos tan dados a querellas, picardías y pleitos.

Así pues, al cumplir los once años de edad me despedí de mi familia y marché a estudiar a la noble Universidad de Salamanca. Comencé lleno de entusiasmo, pero pronto descubrí que el Derecho no me gustaba nada. Era espantoso tener que memorizar todas aquellas horribles leyes. Aburrido, comencé a frecuentar la Cátedra de Medicina. ¡Qué diferencia! En Derecho todo estaba pensado y escrito; en cambio, no había nada definitivo en Medicina. Cada día se descubría algo nuevo, algo que servía para mejorar la vida de los hombres.

Por tanto, decidí que quería ser médico. Me costó mucho tiempo reunir las fuerzas necesarias para comunicar la noticia a mi padre, porque él pensaba que aquella ciencia era cosa de moros y judíos. Finalmente hice de tripas corazón y escribí una carta informando de mi decisión. La respuesta llegó a vuelta de correo. En ella se me ordenaba regresar a casa de inmediato para tratar el asunto con más calma. De paso, añadía el mensaje, conocería al pequeño Fabián, quien nació poco después de mi marcha, y a Leonor, una ahijada de mi madre que se vino a vivir con nosotros cuando murieron sus familiares.

No tuve ninguna oportunidad de discutir. La sentencia estaba dictada de antemano: o hacía Leyes o no volvería a Salamanca. Por supuesto protesté airadamente, aunque las quejas sirvieron de poco. Nadie me escuchó. Mi madre, mis dos hermanas, e incluso la vieja dueña* Eduvigis, que me conocía desde niño, se mostraron de acuerdo con la imposición paterna. Sólo Leonor, la bella y dulce Leonor, hizo causa común conmigo. Sus encendidos discursos en favor del idealismo fueron como un bálsamo para mí.

Dicen los que saben cosas de los antiguos que los griegos y romanos tenían un dios llamado Cupido, a quien representaban en figura de niño alado. Y dicen que el tal Cupido era el dios del amor, y que disparaba unas flechas que poseían la mágica virtud de hacer que hombres y mujeres se enamorasen. Pues bien, yo no soy pagano, pero pienso que no andaban muy descaminados. Ver a Leonor y enamorarme de ella fue la misma cosa.

Mi dama tenía una cara gentil y agradable, un hermoso talle y una gran habilidad para la danza. Sé que estas prendas son muy apreciadas por la mayor parte de los galanes*, aunque yo, os lo confieso, las doy poca importancia. Lo que realmente me gustaba de Leonor era su personalidad, siempre cambiante y al mismo tiempo siempre igual. Era buena observadora y lista como las ardillas. Pero también harto imaginativa, tanto que a veces confundía lo real y lo fantástico. Vivía en un mundo propio e ilusorio lleno de quimeras sin ninguna relación con la vida cotidiana. Tal vez por eso le encantaba leer novelas sentimentales y de caballerías.

Un día, hallándome yo en el jardín, Leonor se acercó a mí. Traía un librito en la mano, y su rostro ausente no auguraba nada bueno.

—Mira —dijo entregándome la pequeña obra—. Trata de las tierras de Asia. Es una carta de un marino genovés a un amigo suyo llamado Luis de Santángel anunciándole que tras cruzar la Mar Océana* ha llegado a China.

—Muy interesante —murmuré mientras ojeaba el documento—. Hum, algo he oído de este Colón en Salamanca. Hace años presentó un ridículo proyecto a los reyes que escandalizó a la Universidad entera. Por lo visto, no era tan descabellado. ¡Fíjate! La carta está fechada el 14 de marzo de 1493 y se ha impreso un mes después. Desde luego el asunto debe ser muy importante para que se den tanta prisa.

—¡Siempre igual! —replicó irritada Leonor—. Tu falta de sensibilidad resulta odiosa en algunas ocasiones. Este señor Colón habla de cosas maravillosas... De Guanahaní y otras muchísimas islas de infinita belleza y gran riqueza, pobladas por extraños animales, árboles muy altos e infinitas gentes que...

—Seguramente serán rarísimas —añadí con un deje de ironía—. Nadie se juega el pellejo recorriendo lugares peligrosos para luego escribir un libro donde se

diga que los chinos son iguales que nosotros. ¿A que ese viajero ha encontrado amazonas*, hombres con cabeza de perro, y otros seres monstruosos?

Leonor me miró un tanto sorprendida. Luego respondió adoptando la actitud de quien se siente ofendido:

—¡Pues claro que sí! Colón cuenta que en la isla de Matininó hay hembras guerreras que se juntan una vez al año con los caribes, unos hombres horribles comedores de carne humana. También afirma que en la isla de Avan habitan gentes con cola, y en otros lugares personas sin pelo y gigantes de un solo ojo. Por supuesto hay mujeres y hombres normales —añadió sacándome la lengua—. Son de lindo cuerpo, generosos y un tanto simples. Viven en casas de hierba y..., y... ¡Bueno!, no usan ropa. Van desnudos como su madre les trajo al mundo.

Estallé en carcajadas al oír la pintoresca descripción de Leonor. Aquel navegante era muy listo, o muy tonto, cuando se atrevía a comparar esas islas con el Paraíso Terrenal.

Creí que la alocada doncella olvidaría el asunto con la rapidez acostumbrada. Desgraciadamente sucedió lo contrario. Se interesó tanto por el tema que no sabía hablar de otra cosa. El amor es ciego y al final acabé creyendo a pie juntillas las desbordadas fantasías de Leonor. Hice algo peor aún. Cuando la damita se enteró de que Colón pensaba regresar a Asia, me rogó que me uniera a la expedición, afirmando que sólo se casaría conmigo si realizaba alguna proeza extraordinaria. Y yo, tonto de mí, acaté la orden sin rechistar.

Hablé con mi padre, quien aceptó la propuesta entusiasmado. Por lo visto, prefería que me devorasen los caribes a verme vestido de médico. Buscó recomendaciones, se entrevistó con varios cortesanos amigos suyos... En fin, hizo todo lo que se acostumbra hacer en estos casos.

Y así, sin saber bien cómo, me encontré un buen día en la ciudad de Sevilla. Mis únicas propiedades eran un hatillo de ropa y una carta de recomendación para un caballero llamado Alonso de Ojeda. Tenía en aquel momento catorce años, un entusiasmo a toda prueba y —¿por qué no decirlo?— los nervios un tanto alterados.

Don Alonso me recibió con la simpatía y el buen humor que le caracterizaban. Desde el primer momento me cayó bien aquel hombre. Era pequeño de cuerpo, pero bien proporcionado, atractivo, hábil, valiente y de grandes ojos. En suma, todas las perfecciones corporales y espirituales que un hombre puede tener se juntaban en él. Sólo poseía el defecto de ser un tanto bajito.

El caballero no se molestó en leer la carta que le di con mano temblorosa: la arrojó directamente al cesto de los papeles. Debí poner cara de asombro porque don Alonso se apresuró a decir:

—No te asustes, jovencito. Ocurre que estoy harto de que mi señor, el duque de Medinacelli, me envíe cada día quince mancebos dispuestos a conquistar en un abrir y cerrar de ojos las tierras del Gran Khan*. Ocurre que estoy harto de que se rechace a soldados experimentados que tienen sus propias armas y se acepte en cambio a patanes sin espada, cuyo único mérito fue untar las manos* de los reclutadores. Ocurre que me van a llenar la carraca* de vacas, ovejas, cerdos y otros bichos. Ocurre que... ¡Pero bueno! —rió Ojeda—. Estoy hablando demasiado y tú muy poco. Dime, mancebo: ¿por qué quieres ir con el almirante don Cristóbal Colón?

Tartamudeando de vergüenza, pues no ignoraba que aquel joven de veintitrés años había ganado fama de guerrero heroico en la guerra de Granada, conté lo mejor que pude las razones que me impulsaban a embarcar.

—¡Virgen Santa! —exclamó con fingido horror cuando terminé el relato—. ¡Otro caballero andante! Y ya van diez en mi compañía. Liberad vuestro esforzado* corazón de las cuitas que le afligen, mi noble paladín* —añadió sonriente—. Uno más no importa. Supongo que al menos sabrás montar a caballo, porque sino...

# La Española

EL 25 de septiembre del año de nuestro Señor de 1493 salimos de Cádiz y pusimos rumbo a las islas Canarias. La flota estaba formada por diecisiete naves que llevaban a bordo 1 500 hombres de las más diversas profesiones. El viaje transcurrió sin incidentes dignos de mención, si bien fue tremendamente incómodo. ¡Dios mío, qué comidas! Eran intragables. Una galleta, unos dientes de ajo y un par de sardinas en escabeche para desayunar; judías con tocino para almorzar, y de nuevo judías con tocino para cenar. Eso sí, podíamos comer cuantos bizcochos* quisiésemos. Los grumetes de otros barcos alternaban las judías con las lentejas, las habas o los garbanzos, pero el nuestro, no. A veces, cuando las protestas crecían tanto que amenazaban con convertirse en un motín, nos daban un arenque salado o un pedazo de cerdo en salmuera. ¿Creéis que lo hacían por compasión? ¡Quiá! Lo hacían por venganza. La sal da sed y el vino la acrecienta. Como sólo bebíamos vino, imaginaos lo que arderían nuestras pobres gargantas.

El 3 de noviembre la flota llegó a una isla montañosa que bautizamos con el nombre de *Deseada*. Al día siguiente divisamos otra isla mayor donde desembarcamos tras echar el ancla. Jamás olvidaré aquella experiencia. Salté a tierra convencido de que vería maravillas, y las vi, mas me resultaron harto desagradables. En el interior de una choza de ramas había una gran olla donde se cocían tres o cuatro piernas humanas. Junto a ella había muchos huesos y algunas calaveras que servían de platos. Era evidente que aquella tierra estaba habitada por los misteriosos caribes.

Exploramos el territorio a conciencia en los días que siguieron; sin embargo, sólo pudimos capturar a dos de aquellos monstruos. Tenían el pelo tan largo como el de una mujer; por lo demás puedo aseguraros que eran los hombres menos disformes* que he conocido. En cambio, logramos liberar a muchas mujeres y muchachos cautivos. Según dijeron a las dos lenguas* que llevábamos, los caribes salteaban* las islas donde vivían los indios pacíficos para robar mancebos* y doncellas jóvenes. El destino de estos desgraciados era tan espantoso que os repugnaría si os lo contase.

El viernes 22 el vigía avistó las costas de La Española*. Todos nos alegramos mucho porque sabíamos que aquella isla era nuestro punto de destino. Don Cristóbal estaba ansioso por hablar con los hombres que dejó allí cuando él regresó a España. Por desgracia se terminó el agua y tuvimos que anclar en la desembocadura de un caudaloso río. Los marineros que desembarcaron regresaron al poco tiempo trayendo una horrible noticia: habían encontrado unos cadáveres medio podridos que por las ropas y barbas parecían ser de españoles.

El Almirante ordenó reemprender la navegación de inmediato. Cinco días después llegamos al fuerte donde vivían los castellanos que quedaron en La Española. Disparamos dos cañonazos para avisar de nuestra llegada, pues era de noche. No hubo respuesta.

Lo que contemplamos por la mañana confirmó nuestras sospechas. El panorama era desolador: no había ni fuerte, ni hombres. Sólo unos cuantos tablones semiquemados, algunos pedazos de tela y varios cadáveres descompuestos.

Estaba claro que los indios habían dado muerte a nuestros compañeros. Guacanagari, el cacique del lugar donde se levantaba la fortaleza, juró que les mató Caonabó, un malvado caribe enemigo suyo. Si fue Guacanagari o Caonabó es algo que nunca sabremos.

Los meses que siguieron estuvieron llenos de una intensa actividad: exploramos y cultivamos la tierra, descubrimos oro en las tierras de Caonabó..., hasta fundamos una ciudad que llamamos Isabela en honor de la reina.

Poco a poco las cosas empezaron a torcerse. El clima estropeó las provisiones y comenzamos a pasar hambre. Desesperado, Colón decidió reducir el número de bocas al mínimo. Se quedó con 500 hombres y 5 navíos. El resto regresó a España. Transportaban muchas cosas, entre ellas una larga carta que escribí a Leonor.

Lamentablemente, la situación no mejoró. Comíamos algo mejor, pero a cambio de ello la mayoría de los hombres cayó víctima de extrañas enfermedades. ¡Dios mío, qué absurda me resultaba aquella situación! Había ido a Indias para ganar fama y riqueza, y hacía lo mismo que quería hacer en Castilla: cuidar enfermos.

Por suerte, el Almirante planeaba una expedicion marítima que debía llevarle a China y me pidió que le acompañase en calidad de médico. Salimos de Isabela el 24 de abril de 1494 y regresamos el 29 de septiembre. No os aburriré con la descripción del viaje. Baste con decir que descubrimos decenas de islas de sin par belleza.

Los vientos y las continuas tormentas convirtieron la navegación en un infierno. Trabajamos tanto que una gran parte de la tripulación adoleció* de fatiga. El mismísimo don Cristóbal, que poseía una constitución vigorosa y robusta, sufrió un ataque de fiebre que vino a dar en un prolongado letargo. Los sentidos y la memoria huyeron de su cuerpo, y durante cinco largos meses se debatió entre la vida y la muerte.

Por lo que a mí respecta puedo afirmar que mi endeble constitución no se resintió nada. Es más, me atrevería a decir que el viaje me sentó bien. De hecho, mis decaídas fantasías cobraron nuevos bríos tras el viaje. Nuevamente me sentí capaz de conquistar yo sólo el imperio de Katay* para ponerlo a los pies de Leonor.

Mi desbordado optimismo contrastaba con el desánimo de los restantes compañeros que estaban hartos de tanto cuento y fábula. Sólo Ojeda conservaba el buen humor, aunque no ocultaba el enfado que le causaba la caótica situación de Isabela.

—¡Ea! Amadís ha regresado para salvarnos de las garras del dragón —dijo cuando me encontró después de varios meses—. ¿Sería vuestra merced tan amable de pasar por mi casa esta tarde? Me gustaría charlar con vos.

Así lo hice. Apenas se puso el sol me presenté en la choza de mi amigo, pues por tal lo tenía.

—¿Dónde te has metido, esforzado paladín, mientras nosotros, los pobres soldados, peleábamos con Caonabó? —dijo apenas tomé asiento—. El caribe puso sitio al fuerte que construimos para proteger las minas de oro, y nos costó muchísimo obligarle a retroceder. Si hubieras estado allí, seguramente todo habría acabado en un par de horas.

—No os burléis de mí —respondí—. Castellanos e indios hablan maravillas

del valor que demostró el *Pequeño jefe blanco*, como os llaman los indios, en el *Fuerte Santo Tomás*.

—¿Y no dicen que mi compañía es la única que mantiene la disciplina en este lugar dejado de la mano de Dios? Cuando os marchasteis en busca del Gran Khan*, esto se convirtió en un infierno. El hermano del Almirante, Diego, aprovechó la oportunidad para poner en práctica su filosofía de la vida. Ya sabes que su aspiración secreta es ser obispo; pues bien, hizo de Isabela un monasterio de clausura.

—Lo cual —repliqué sonriendo—, disgustaría tremendamente a don Pedro Margarit, máximo jefe militar de la isla.

—No sólo Margarit se molestó; también el padre Boyl, Vicario Apostólico*, protestó ante las intromisiones del hermano de don Cristóbal —añadió don Alonso—. Pero lo peor sucedió después, cuando llegó de España Bartolomé Colón, el otro hermano. Éste, que es mucho más listo y enérgico, implantó tal tiranía que Boyl y Margarit desertaron. Supongo que ahora andarán por la Corte quejándose de los Colones. Espero al menos que ese viaje que tanto mal ha causado habrá servido para algo bueno. ¿Habéis encontrado por fin a ese invisible Gran Khan?

—Las tierras del Gran Khan no —respondí—. Mas sí un hermoso país llamado Cuba. En él hay una provincia que se dice Mangón, la cual, al decir del Almirante, es la provincia más rica de China. También —añadí entusiasmado— hemos encontrado indicios de que un poco más lejos está el reino del Preste Juan*. El Muy Magnífico Señor don Cristóbal Colón dice que...

—¡Cuba forma parte del continente asiático! —cortó una voz. Nos volvimos y vimos recortada contra la entrada la recia figura de Juan de la Cosa, uno de nuestros mejores cartógrafos—. ¡Y miente! Cuba es isla, no tierra firme. Lo sé, aunque Colón, vos lo sabéis, maese* Bernal, nos ha obligado a jurar lo contrario ante un escribano. Las penas para quien se desdiga son feroces: diez mil maravedíes de multa para pilotos y marinos, y cien azotes para los grumetes. En fin, me conviene callar porque además de los maravedíes* puedo perder la lengua.

El cartógrafo suspiró y mostrándonos una botella de vino añadió:

—La única ventaja de los hombres de la mar es que podemos ahogar nuestras penas en vino, cosa que a vosotros los militares os resulta bastante complicado, pues el poco que queda está racionado. Por cierto, maese Bernal, Bartolomé Colón trajo una carta para vos. ¡Pedídsela!

Lo hice. ¡Ojalá se hubiera perdido el maldito escrito! Era de Leonor y en él se me condenaba a tres años de reclusión en una ermita por mirar indias encueradas*. Mi ira no tuvo límites cuando leí aquello. Se atrevía a decirme eso a mí. ¡A mí!, que sólo veía por sus ojos y hablaba por su boca. Sin embargo, como soy tonto, acepté el castigo y me fui a vivir con fray Ramón Pané, el único ermitaño que había.

# La captura del «Señor de la casa dorada»

NO duré mucho tiempo como ermitaño. A las pocas semanas Alonso de Ojeda vino a verme a mi retiro de Magdalena con el firme propósito de sacarme de él. Cuando llegó, fray Ramón y yo estábamos muy ocupados escribiendo lo que nuestro criado Guaicavanú nos contaba sobre las supersticiones de los indios.

El *Pequeño cacique blanco* sonrió al ver la mesa llena hasta rebosar de plumas, tinteros y papeles. Acercándose, tomó un folio al azar y lo leyó en silencio. Después dejó el papel en su sitio, y acariciándose la rizada barba con gesto pensativo comentó al fin:

—Según dicen vuestras escrituras, estos paganos afirman que hay un ser inmortal en el cielo al que nadie puede ver, y que este ser tiene madre, aunque no principio. ¿Rinden, pues, culto a la Santísima Virgen María, madre de nuestro Señor y protectora mía?

—No exactamente —corrigió fray Ramón—. Ellos, como los negros de Guinea, creen que un gran dios creó el mundo, pero no le adoran. Los indios son idólatras. Cada uno tiene muchos ídolos o *cemíes** en su casa, y les honran de manera distinta. Un *cemí* de gran fama se llama Guabancex. Este ídolo es hembra, y dicen que mueve el viento y el agua cuando se enfada. Hay otro llamado...

—Todo eso está muy bien, padre —cortó tajante mi pequeño amigo—. Algún día haréis una bella relación sobre las costumbres de los indios. Por desgracia, está lejos aún el momento en que podamos hablar de ello. He venido para llevarme a Bernaldillo. Caonabó planea destruirnos y cualquier hombre que pueda sostener una espada es necesario. Reúne tus cosas —añadió dirigiéndose a mí— y despídete de fray Ramón. Lo siento por la dama de tus sueños, pero el castigo que te ha impuesto deberá esperar un tiempo.

Dando gracias al cielo por liberarme de las caprichosas tiranías de Leonor, me puse en un santiamén mi ajadas calzas, devolví el hábito al padre Pané, y pronto me encontré galopando sobre un brioso corcel hacia Isabela.

Por el camino Ojeda me describió la crítica situación con gran detalle. Caonabó se había puesto de acuerdo con los demás caciques para darnos guerra y matarnos a todos. Sólo Guacanagari había permanecido fiel. Tal vez, añadió Ojeda maliciosamente, porque el feroz Caonabó le había robado una de sus mujeres. Fuera por las razones que fuese, Guacanagari denunció la conspiración al Almirante, quien reunió a los oficiales para tratar el tema. El consejo de guerra había llegado

a la conclusión de que era imprescindible hacer prisionero al rebelde, aunque la empresa parecía imposible.

—Sin embargo —finalizó Ojeda—, yo he tramado un ardid para capturarle. En verdad es un poquito arriesgado, pero estoy convencido que funcionará. Verás, Bernaldillo, consiste en lo siguiente: iremos a ver al rey de Cibao y...

Mi cara, tostada por los aires marinos, palideció progresivamente a medida que el *Pequeño cacique blanco* describía el plan. Aquel proyecto era una locura, una auténtica locura descabellada y llena de riesgos que don Cristóbal jamás aceptaría.

¡Me equivoqué! El Almirante debía estar muy desesperado, pues aceptó la estratagema sin siquiera discutir. En consecuencia, salimos de Isabela al comenzar la última decena del mes de abril. Eramos diez en total contando a Ojeda; todos jóvenes, sueltos* y buenos jinetes. Tres días después llegamos a los dominios del *Señor de la casa dorada*. Tras descansar algunas horas, nuestro capitán se puso un llamativo penacho en el casco, se cubrió la armadura con una sobreveste* de delicado bordado, y haciéndonos una señal a mí y a otro caballero para

que le siguiésemos al momento, comenzó a andar hacia el poblado de Caonabó.

Soy bastante esforzado*, como podrán testificar quienes me conocen. Sin embargo, a fuerza de ser sincero he de reconocer que tenía las ropas empapadas de sudor cuando nos condujeron ante el poderoso Coanabó. El cacique no sólo era más alto que cualquier otro indio, sino también mucho más corpulento y atlético. Su cuerpo, de hombros cuadrados y músculos semejantes a las maromas* de las naos, estaba profusamente pintarrajeado. No llevaba otro vestido que una decena de collares, hechos con piedrecillas de colores y dientes, que colgaban del poderoso cuello. Al contemplarle, sentí una mezcla de admiración y repulsión, pues no podía olvidar que aquel gigante de piel oscura era un caribe, un comedor de carne humana.

Ojeda, que caminaba a mi lado, me dio un fuerte codazo. Indignado, volví la cabeza y lancé al capitán una mirada asesina. Don Alonso me dirigió una sonrisa angelical. Luego tomó mi brazo, y siempre sonriendo, murmuró en voz baja:

—Maese Bernal, ¡ten cuidado, ten cuidado...!, que hombres mejores que tú han muerto por honrar en demasía al enemigo. Sitúate tres pasos detrás de mí, y traduce lo que yo vaya diciendo al lenguaje indiano. Advertido estás. Y ahora

—añadió alzando un poco la voz para que nuestro compañero le escuchara—, haced los dos lo que yo.

La escena que siguió fue increíble. El *Pequeño cacique blanco* se arrodilló ante Caonabó y le besó las manos en señal de respeto, añadiendo a continuación que Colón, asombrado por la fortaleza del Señor de Cibao, deseaba hacer las paces, y le rogaba que fuera a Isabela para tratar de ellas.

Jamás olvidaré la cara del coloso mientras escuchaba la traducción. Parecía una máscara de piedra, pero la cólera brillaba en sus ojos, dando a entender que la propuesta le resultaba bastante desagradable. Cuando terminé, sólo pronunció una palabra. El tono era tan despreciativo, burlón e insultante que no necesité traducirla.

—No te molestes, Bernal. Sé la respuesta. Nuestro amigo caribe rechaza la proposición del Almirante. ¡Bien está! Dile que el *Guamiquina**, como ellos le llaman, pensaba regalarle en señal de buena voluntad la campana de la iglesia. Dile también que si la quiere, tendrá que venir con nosotros a recogerla.

Desde luego, la astucia de mi amigo carecía de límites. Sabía que el cacique solía merodear por los alrededores de Isabela cuando la campana de la iglesia tocaba a misa, y había decidido utilizar la extraña fascinación que el artilugio despertaba en Caonabó para capturarle.

Por supuesto, el jefe indio aceptó la nueva propuesta con gran entusiasmo, y con voz solemne nos comunicó que iría a visitar a Colón.

El *Señor de la casa dorada* cumplió su promesa y se presentó en nuestro campamento apenas salió el sol. Desgraciadamente no venía solo. Centenares de guerreros, todos teñidos de mil colores y con penachos de plumas en las cabezas, marchaban en apretadas hileras tras él. Sorprendido al contemplar aquella masa en movimiento, Ojeda dio un pequeño silbido mientras aferraba con fuerza el puño de la espada.

—Bernaldillo, puedes darme de puntapiés hasta que te canses. Te dije que no honraras mucho al enemigo, mas callé que tampoco debías burlarte de él. Yo he pecado de lo segundo, y ahí ves mi castigo —dijo señalando con la mano a los escuadrones indios—. No obstante, algo había barruntado, y guardo mi penitencia en la bolsa del cinto —añadió golpeando repetidas veces su bolsillo de terciopelo azul—. ¡Ven! Vamos a conferenciar con el gran Caonabó.

El capitán se acercó al rey de Cibao y le hizo una reverencia tan gentil que hubiera encantado a cualquier damisela de la corte. Después, hincando una rodilla en tierra, sacó de la bolsa unas esposas muy bruñidas que brillaban bajo los rayos del sol, y se las enseñó al indio.

—Señor Caonabó —dijo guardando los grilletes—, lo que habéis visto viene de una provincia del cielo llamada Vizcaya. Es una joya mágica de mucho valor que los reyes se ponen cuando hacen bailes o fiestas. Vos, que también sois un rey poderoso, debéis llevarla. Yo mismo os la pondré; pero antes es necesario que os lavéis a solas en el río más cercano, pues las esposas dejarían de brillar si no lo hacéis así.

Sentí unas ganas locas de reír al escuchar aquel ridículo discurso. ¡Ojeda era increíble! Estábamos rodeados de enemigos que nos darían muerte en un abrir y cerrar de ojos, y él se permitía el lujo de hacer bromas sobre el lugar donde se forjaron los grillos.

El gigante escuchó mi traducción sin pestañear. Luego, comenzó a andar con grandes zancadas hacia el riachuelo. El capitán marchó tras él llevando el caballo de las riendas. Y yo, mareado al ver la rapidez que habían tomado los acontecimientos, les seguí.

Cuando llegamos a la ribera, el cacique ya estaba en el agua. Disfrutaba tanto del baño que parecía un manatí* joven. Chapoteaba, se sumergía, resoplaba como una ballena y volvía a sumergirse. Finalmente salió del agua, y don Alonso se acercó a él.

No me pidáis que os cuente los hechos siguientes con detalle. Me ocurre lo mismo que cuando despierto: sólo conservo escenas sueltas sin relación entre ellas. Recuerdo a Caonabó, lleno de orgullo, montando en las ancas del caballo de Ojeda... Recuerdo vagamente mis problemas con las cuerdas que empleamos para impedir que el cacique se cayera... Recuerdo también que los indios sufrieron una especie de trance, muy parecido al de nuestros frailes contemplativos, cuando vieron aparecer a su esposado jefe sobre la grupa del alazán de don Alonso. No me acuerdo de nada más, salvo de una infernal galopada a través del bosque.

Como no había prisión en Isabela, don Cristóbal decidió encerrar a Caonabó en una habitación de su propia casa. La casa era pequeña, y cualquier persona que fuese a ver a Colón debía pasar por delante del indio.

El cacique fue un prisionero ejemplar. Nunca molestó a nadie, salvo al Almirante, por quien sentía una especial manía. Un día le hizo una jugarreta que le convirtió en el hazmerreír de la ciudad.

El traductor que siempre estaba con Caonabó se puso enfermo, y me llamaron para que ocupase su puesto. Pensé que me iba a aburrir mucho porque el cacique era poco hablador. Afortunadamente algunos amigos vinieron a visitarme, y la guardia transcurrió en agradable charla.

A eso de la media tarde apareció don Cristóbal. Todos nos levantamos y le saludamos quitándonos las gorras. Todos, excepto Caonabó. El cacique continuó sentado en el tronco que le servía de asiento, fingiendo ignorar que el Almirante estaba ante él.

En ese momento entró Ojeda. El indio le reconoció de inmediato y, sonriendo, se levantó e hizo una reverencia.

Colón, rojo de rabia, me ordenó que preguntara al caribe las razones de su rara conducta.

—El Almirante —dije aparentando una seriedad que estaba lejos de sentir— es nuestro gran cacique. Todos le obedecemos, incluso el *Pequeño jefe blanco.*

Tardé más de un minuto en reunir las fuerzas necesarias para traducir la respuesta de Caonabó. Al fin, armándome de valor, lo logré.

—Muy Magnífico Señor —susurré—, Caonabó afirma que sólo don Alonso es digno de respeto, puesto que él se atrevió a hacerle prisionero y vos no. Según él...

No pude terminar. Don Cristóbal se dio media vuelta y me dejó con la palabra en la boca.

# «Flor de Oro»

LA captura de Caonabó no impidió la rebelión. Su hermano y su esposa principal, una hermosa mujer llamada Anacaona, se aliaron con los restantes caciques de la isla y nos atacaron por sorpresa. Hubo muchas batallas, pero la definitiva se dio en la Vega Real, cerca del poblado de Caonabó. Los indios se contaban por miles y nosotros sólo éramos doscientos soldados de infantería y veinte jinetes. Os aseguro que si hubiésemos guerreado a la antigua, las armaduras nos habrían servido de muy poco. Afortunadamente muchos peones* llevaban esas raras armas de fuego que se llamaban culebrinas de mano o arcabuces y lograron parar al enemigo antes de que chocase con nosotros.

Ciertamente, señor licenciado, las armas de fuego van a cambiar el arte de la guerra. Dicen que dentro de poco tendremos guerra con los franceses por el reino de Nápoles. Pues bien, yo afirmo que si nuestros soldados emplean tanto los arcabuces como nosotros en La Española, los franceses, que los desprecian, no tienen nada que hacer.

Luego, el Almirante Colón ordenó a la caballería que cargase para impedir que los indios se reagrupasen. ¡Ah! ¡Fue una carga impresionante! Galopamos a rienda suelta con las espadas en alto, gritando «Santiago», «Santiago». Los indios se aterrorizaron al vernos venir y huyeron a la desbandada. Casi todos pudieron escapar sanos y salvos, aunque algunos murieron pisoteados por los cascos de los corceles.

Los guerreros que se enfrentaron a los perros tuvieron menos suerte. Los mastines, como sin duda sabéis, se han empleado en muchas guerras. Sin embargo, no creo que nunca dieran tan buen resultado como en la batalla de la Vega Real. Únicamente teníamos veinte canes, pero os aseguro que cada uno de ellos valía por cien soldados. Se lanzaron contra aquellos pobres desgraciados gruñendo de furia e hicieron una carnicería espantosa.

Poco después, tres barcos cargados de provisiones llegaron a Isabela. Su capitán traía una carta de los reyes para Colón, que llenó de orgullo a nuestro ya de por sí altivo jefe. Los monarcas le felicitaban por su buen trabajo, y afirmaban que todos los meses saldría una nave de España para las Indias.

La noticia me llenó de felicidad. ¡Podía escribir doce veces a Leonor! Entusiasmado, pasé la noche en vela redactando una larguísima carta donde contaba con pelos y señales mis grandes aventuras. Apenas cantó el gallo, corrí a la casa del Almirante para entregar el gordo paquete.

—Señor Bernal —dijo con aire inquieto mientras miraba la gruesa carta—,

si por vos fuera, llenaríais la carabela con mensajes de amor. Lamentablemente yo tengo que meter otra cosa en sus bodegas.

Por supuesto, esa «otra cosa» de que hablaba don Cristóbal era el oro. En realidad tenía bastantes motivos para inquietarse, porque prometió enviar toneladas y sólo poseía unas pocas onzas*. Desesperado al ver que debía convertir sus fantasías en realidad, el Almirante mandó a los indios que reunieran una gran cantidad de oro en polvo.

Yo fui uno de los encargados de comunicar la noticia a los caciques de la isla. Y plegue a Dios* que no vuelva a verme en la misma situación.

Era bastante desagradable decir a los indios que en castigo por su rebelión todos los hombres mayores de catorce años entregarían cada tres meses un cascabel lleno de oro, y los jefes una calabaza. Pero mucho más horrible aún repartir las medallas de latón que permitirían saber quién cumplía la orden y quién no. El sistema, ideado por el propio Colón, me pareció ingenioso, aunque cruel. Cada vez que el indio hacía un pago se apuntaba con una marca en la chapa. Los hombres que no llevasen la placa al día o no la tuviesen serían multados y castigados.

El hecho en sí no me impresionaba. Conozco la vida que llevan los españoles condenados a la esclavitud en Castilla, y es bastante peor. Lo que realmente me

causó un profundo malestar fue la ingenuidad de los indios. Cualquier castellano habría imitado las marcas para librarse de trabajar; los indios, no. Los pobres infelices pensaban que la escritura era una cosa mágica e incomprensible.

Durante una de estas desagradables visitas, que siempre hacía en compañía de Ojeda, pude por fin ver a Anacaona, la esposa principal de Caonabó. Tenía muchas ganas de conocerla porque se decía que poseía una hermosura sobrehumana, una extraordinaria inteligencia y una gran valentía.

*Flor de Oro,* que eso quiere decir Anacaona en lengua española, nos recibió de una manera que nunca olvidaré. Estábamos cerca del poblado donde vivía cuando oímos el ronco mugir de las grandes caracolas marinas que los indios usaban como trompetas. Al escuchar aquel sonido, don Alonso, siempre receloso, tiró de las riendas de su cabalgadura, ordenándonos que nos desplegásemos en orden de combate.

Al poco rato una gran cantidad de indios dejó el pueblo y se dirigió hacia nosotros. Inconscientemente, cogí la empuñadura de la espada y comprobé que el arma salía de la vaina sin dificultad. Por el rabillo del ojo vi que Ojeda y los restantes compañeros tomaban la misma precaución.

Estaba preparado para todo..., menos para aquello. Delante de mí no había feroces guerreros como había pensado, sino dos ordenadas filas de esbeltas muchachas de hermosa cabellera y andares felinos. Cada una llevaba un pequeño cuenco repleto de polvo de oro. No sé decir con exactitud cuántas serían, aunque estoy seguro que pasaban de las doscientas.

La cacica en persona capitaneaba la femenil tropa. Iba semitumbada sobre unas andas cubiertas de hierbas aromáticas que portaban cuatro robustos guerreros. A su lado caminaba una jovencita de unos trece años cuyas manos sostenían una bandeja de plumas llena de pepitas de oro.

Anacaona se encontraba por aquel entonces en la flor de la vida, pues contaría a lo más treinta y uno o treinta y dos años. Era tan blanca como nuestras españolas, pero mucho más hermosa. Su belleza era tal que me faltan palabras para describirla. Imaginaos a vuestra mujer ideal, teñidle los cabellos de negro, y tendréis a Anacaona. Sus extremidades estaban cruzadas por tiras de flores entrelazadas y su cabeza coronada por una banda de flores rojas y blancas. No llevaba nada más encima, salvo un diminuto faldellín que apenas tapaba sus vergüenzas.

—Mi señor don Alonso —balbuceé sorprendido ante el espectáculo—, esto parece cosa de magos o encantadores. No son indias sino ninfas* que surgen del fondo de los bosques para recibir a los héroes que vienen a salvarlas de un malvado gigante.

—Ni tú eres Amadís, ni esas mozuelas tímidas doncellas, ni nosotros caballeros andantes —gruñó Ojeda sin apartar los ojos de las espléndidas formas de la cacica—. Di más bien que se parecen a esas mujeres que, según Mahoma, viven en el paraíso de los moros.

El capitán calló unos instantes. Luego, como si estuviera enfadado consigo mismo, añadió:

—¡Basta de tonterías! Cumple con tu deber, porque eso y no otra cosa es la caballerosidad.

Afortunadamente pude olvidarme de mi deber por una vez. Anacaona sabía ya el motivo de la visita, y lo solucionó con la grandeza de ánimo que la caracterizaba. Clavó sus ojos en el rostro de don Alonso, lanzó una fugaz y despectiva ojeada a la bandeja que traía su pequeña criada, y encogiéndose de hombros volvió a mirar al capitán.

Pronto quedó claro que la reina estaba más interesada en las hazañas del *Pequeño cacique blanco*, nombre que daban los indios a Alonso de Ojeda, que en los

problemas políticos. ¡Sólo se habló de la vida y hechos de don Alonso durante la comida!

La conversación provocó sentimientos encontrados en mi ánimo. Los celos, el resentimiento e incluso la envidia que sentía en unos momentos, dejaban paso, segundos después, a la más fervorosa admiración. Ojeda era un hombre extraordinario que poseía la facultad de transformar la vida cotidiana en algo que superaba con creces las fantasías más locas. Tenía tantas virtudes que podía dar lecciones a Roldán, el paladín* de Carlomagno, o al mismísimo Rodrigo Díaz de Vivar. Sin embargo, ¿qué habría hecho si no hubiera contado con la ayuda de los demás? Él nos necesitaba más que nosotros a él. Los héroes, señor escritor, no pueden existir sin las personas normales, quienes también son héroes a su manera.

Mi inquietud se transformó en nerviosismo al notar que una de las espigadas doncellas de Anacaona no me quitaba la vista de encima. Incapaz de resistir aquella penetrante mirada, cerré los ojos con fuerza y me concentré en la traducción de las corteses frases que intercambiaban la reina y Ojeda. No pude. Rojo de vergüenza, logré tartamudear una excusa y abandoné apresuradamente el banquete.

Mis pasos me llevaron a la pradera donde descansaban los caballos. Se respiraba tanta paz en aquel lugar que muy pronto me tranquilicé. Iba a regresar al poblado cuando sentí unos ligeros golpecitos en el hombro.

—¡Tú otra vez! —chillé frunciendo las cejas al reconocer a la pequeña india—. ¿Qué quieres ahora? ¿Acaso no me has mirado ya bastante?

—Soy la sobrina de la reina, y también me llamo Anacaona —respondió al tiempo que colocaba sus manos sobre mis mejillas—. Eres muy raro, ¿sabes? No tienes pelos en la cara como los demás *hombres del cielo*. ¿Por qué ellos los tienen y tú no?

Parpadeé desconcertado al oír la rara pregunta.

—Porque..., porque mis compañeros son hombres adultos y yo todavía no lo

soy. ¿Entiendes? No. Por supuesto que no lo entiendes. Verás. Acabo de cumplir diecisiete años —añadí pensando que la aclaración era inútil porque los indios sólo sabían contar hasta diez—. El Dios de los *hombres del cielo* piensa que aún soy un niño. Por eso no me sale la barba. Cuando sea mayor tendré pelos en la cara y seré igual que los demás blancos que tú conoces.

Anacaona me miró muy seria e hizo repetidos gestos de afirmación, dando a entender con ello que no había comprendido nada. Luego se puso seria. Sus labios se fruncieron hasta quedar reducidos a una fina línea, y adoptó el gesto entre fastidioso e inquieto de quien desea recordar algo y no puede. De repente, una amplia sonrisa se dibujó en su rostro al tiempo que aparecía una infantil expresión de triunfo.

—Beso, beso —exclamó en un castellano bárbaro y uniendo la acción de la palabra juntó sus labios con los míos.

La caballerosidad me impide describir con detalles el amoroso ataque y mi desesperada resistencia. ¡Dios mío, fue una situación francamente embarazosa! Baste con decir que logré rechazar al encantador enemigo y retirarme.

Lo primero que hice al llegar a la choza que compartía con Ojeda fue mojar un pañuelo en agua y ponérmelo en la boca, pues los labios me ardían desde que Anacaona los besase.

—Vaya, vaya —rió don Alonso a mis espaldas—. Amadís ha vuelto, y a lo que parece herido de gravedad. No os preocupéis, esforzado* caballero, pronto estaréis curado.

Iba a responder de malos modos, pero una violenta arcada, seguida de una gran tiritona, me lo impidió. El capitán, temiendo que hubiera contraído una de las horribles fiebres del país, me sacó a rastras del bohío*, ordenando a los hombres que se preparasen para regresar a Isabela lo más rápido posible.

Desgraciadamente Ojeda acertó. Caí víctima de una altísima fiebre y durante un tiempo estuve entre la vida y la muerte. Por suerte logré superar la crisis, aunque tardé varios meses en recuperarme.

Según supe después, la situación de la tierra se había agravado mucho mientras estuve enfermo. El impuesto en oro fue un completo fracaso y el Almirante Colón tuvo que cambiar el dorado metal por esclavos, una mercancía muy valiosa que compensaría de sobra los gastos hechos por los reyes. Afirmando que la ley, la Iglesia y la costumbre autorizaban la indigna práctica, don Cristóbal seleccionó 500 indios y los envió a España.

El Muy Magnífico Señor don Cristóbal Colón, como gustaba que le llamasen, era un curioso personaje. Él podía hacer con los indios lo que quisiese, pero no permitía que los demás tocásemos un pelo a un indio. Aquel que les hiciera el menor daño corría el peligro de ser azotado e incluso de morir en la horca. Lo mismo ocurría si se desobedecía las órdenes del Almirante o las de sus hermanos.

Un día de octubre de 1495, no recuerdo cuál, Ojeda vino a visitarme.

—Ha llegado un barco de España, Bernaldillo, y trae algo para ti —dijo entregándome una carta—. Yo también he recibido noticias de allá. Mi amigo y protector don Juan Rodríguez de Fonseca, encargado de los asuntos de Indias, me escribe que en la Corte están cansados de Colón. Por lo visto, Margarit y el padre Boyl dicen a cuantos quieren escucharles que nuestro amado jefe es un loco de cuidado, que sus informes son puras fantasías, y que acá sólo hay hambre, peste y tiranía. Y no les falta razón —añadió mirándome con malicia—. Tienes la piel tan amarillenta que más pareces un súbdito del Gran Khan de los chinos que un leal vasallo de los monarcas de Castilla.

—No sé la lengua chinesca —gruñí—. Ahora, si sois tan amable, me gustaría leer la carta.

—Escucha, Bernal —contestó don Alonso muy serio—. Los reyes han dado permiso para que cualquier persona pueda explorar estas islas. ¡Es nuestra oportunidad! Tú sabes bien qué tipo de riqueza se saca de esta tierra. Y la reina no está dispuesta a permitirlo. Fonseca afirma que doña Isabel se enfadó mucho cuando supo que los esclavos no eran prisioneros de guerra, sino mujeres, niños de cinco años y hombres de paz sacados a la fuerza de su nación. En fin —concluyó encogiéndose de hombros—, si deseas permanecer aquí, siempre te queda el consuelo de poder quejarte a don Juan de Aguado, que acaba de llegar para investigar el desgobierno de los Colones. Queda con Dios, Bernaldillo... Y piensa lo que te he hablado.

—Id con él —volví a gruñir mientras devoraba con los ojos la misiva.

La lectura de la carta me llenó de confusión. Mis grandes hazañas no habían impresionado nada a la bella Leonor. Ni la captura de Caonabó, que mi imaginación había transformado en un endriago* de monstruosas proporciones, ni las navegaciones por países poblados de salvajes caníbales le interesaban... Lo único que quería saber era cuánto oro contenía mi bolsa. Este materialismo, impropio de la dama de mis sueños, unido a una oscura alusión a cierto galán comerciante en paños, me hizo reconsiderar la oferta de Ojeda.

Y así, aprovechando que Colón y Aguado regresaban a España, volví a la patria. Salimos de Isabela el 10 de marzo de 1496 y anclamos en Cádiz el 11 de junio del mismo año.

# El Paraíso Terrenal

Mi regreso a España fue muy diferente del que había pensado. A lo largo de los interminables días que pasé en La Española imaginé un retorno triunfal. Me veía vitoreado por una multitud envidiosa de mi riqueza, festejado por poetas ansiosos de cantar mis gloriosas aventuras, y felizmente casado con la bella Leonor.

¡Qué distinta, qué cruelmente distinta fue la realidad! El caballero Bernal que creó la fantasía dejó paso al Bernaldillo de carne y hueso, al pobre escudero flacucho, demacrado y andrajoso cuya única propiedad se limitaba a unas cuantas piedras de oro* ganadas a costa de padecer la guerra, el hambre y la enfermedad. En Cádiz no había multitudes enfervorizadas dispuestas a recibirnos, ni poetas, ni arcos triunfales... No había nada, salvo tres carabelas que se mecían en las aguas de la bahía, listas para partir hacia aquella antesala del infierno que llamamos Indias.

La misma sensación de fracaso dominaba el alma de mis compañeros. Don Alonso, presa de un humor taciturno, se despidió apenas desembarcamos afirmando que debía solucionar graves asuntos en Córdoba. Sólo Colón mantenía el ánimo erguido. El Almirante de la Mar Océana había envejecido mucho en los últimos tres años. Tenía el cabello y la larga barba blancos, y su cara mostraba las huellas de la enfermedad. Sin embargo, su carácter seguía siendo el mismo, como pude comprobar cuando le pedí licencia para regresar a mi casa.

—No, señor Bernal —respondió tajante—. Lo siento por vos, pero no puedo daros la licencia. Fonseca y otros malsines* hablan mal de la empresa afirmando que el gasto es mucho y el provecho poco. Yo he de mostrar a Sus Majestades lo errados que andan al hacerles caso. Vuestros conocimientos sobre los secretos de las Indias me serán de gran utilidad. Por eso, iréis conmigo a la Corte. Tomad unos meses para solucionar los negocios que os traéis entre manos —añadió golpeando con rabia una carta que estaba sobre la mesa—, pues los reyes no tienen por el momento intención de tratar sobre las cosas de Indias. Mas recordad: viajaréis a la Corte apenas finalice el verano.

¡Genovés orgulloso! Se había puesto un hábito franciscano, cordón incluido, para aparentar una humildad que estaba lejos de sentir. Siempre sería un soberbio que no quería amigos, sino criados. Acepté la orden con una fría reverencia y salí de la habitación sin decir una palabra.

Días después me encontré ante la entrada de mi casa. Cogí la aldaba* con mano temblorosa y di un sonoro golpe. La espera se me antojó interminable. Al fin se entreabrió la puerta, y el avinagrado rostro de la dueña*, Eduvigis, apareció en el hueco. Ordenándola que mantuviera la boca cerrada, corrí escaleras arriba para ver a mi familia.

El reencuentro con el hogar fue inolvidable. Durante unos segundos todos permanecieron boquiabiertos de asombro. Luego, el caos más absoluto se adueñó de la casa. Leoncico, nuestro galgo, saltó sobre mí, me tiró al suelo y comenzó a lamerme con tanta fuerza que casi me despelleja. Mi madre lloró, mis hermanas gritaron de alegría y mi padre se desgañitó intentando restablecer el orden. Incluso el pequeño Fabián, que ya era un hombrecito de siete años, aportó su granito de arena. Preguntó insistentemente quién era aquel hombre de tan mal color. Como nadie le contestaba, decidió que yo debía ser un muerto, y lanzando un espantoso chillido buscó refugio entre los brazos de una criada.

Lo primero que hice cuando volvió la calma fue preguntar por Leonor. Hubo un rápido intercambio de miradas seguido de un extraño silencio. Iba a insistir cuando oí la vocecilla de Fabián.

—Donde va a estar, tonto. En su casa, con su marido.

Temiendo que el niño dijera la verdad, miré interrogante a mi hermana mayor, quien, incapaz de soportar la situación, inclinó levemente la cabeza confirmando la espantosa noticia.

¡Qué ironías gasta la vida! Planeé dar una sorpresa y fui yo el sorprendido. Según supe más tarde, Leonor, cansada de soportar mis fantasías, que en el fondo eran las suyas, contrajo matrimonio secreto con un pícaro disfrazado de mercader de paños que la cortejaba hacía tiempo. Mal negocio hizo el tal pañero, porque Leonor, la dulce Leonor, es encantadora, magnánima* e idealista, mas también de difícil conversación*, orgullosa y un tanto tirana. Leonor es la personificación de lo que en vuestro oficio, señor escritor, llamáis el eterno femenino.

En fin, volviendo a mi cuento os diré que el verano transcurrió sin ningún incidente digno de mencionar. Engordé bastante, aunque el maldito color amarillo no desapareció de mi piel. A fines del mes de septiembre marché a Burgos,

capital del reino en aquellas fechas, para reunirme con el Almirante don Cristóbal.

Colón organizó una entrada triunfal que puso nuevamente de manifiesto su carácter teatrero. Todas las cosas peregrinas* de las Indias figuraban en el cortejo: indios, mercaderías exóticas, muestras de oro, animales raros, plantas... Por no faltar, no faltó ni el indio don Diego con el famoso collar, una valiosa joya que el almirante le entregaba para que se la pusiese cada vez que entrábamos en una ciudad.

Dicen los que tuvieron ocasión de ver la comitiva del primer viaje que la nuestra fue bastante más pobretona. Además, aparecimos en el momento menos oportuno para desgracia de don Cristóbal. La doble boda de los príncipes don Juan y doña Juana con Margarita y Felipe, hijos de Maximiliano de Austria, traía de cabeza a la Corte, a la Marina y a la Real Hacienda. La gente iba de acá para allá con órdenes o recados, y nadie se interesaba en lo más mínimo por nosotros.

De hecho, ni la persona de don Cristóbal ni sus Indias estaban bien vistas en la Corte. *El Embaucador*, como todos llamaban a Colón, era objeto de burla general, y sus paradisíacas tierras, de maldiciones. Recuerdo que un Gonzalo Fernández de Oviedo, viendo mi abatida traza, llegó a decir que si él quedaba tal como yo quedé nunca pasaría a Indias, aunque el rey se las regalase.

Mas el Almirante era uno de esos hombres que se crecen con las dificultades, y su ánimo no desmayó. Me hizo hablar con cuantas personas podían favorecerle mientras él insistía una y otra vez en ser recibido por los reyes. La ansiada entrevista tuvo lugar el 23 de abril del año siguiente.

Fue aquella una conversación digna de figurar en las historias. Colón, convencido de que Dios le había elegido para llevar a buen fin la empresa de Indias, prefirió el ataque a la defensa. Confesó que su política para poblar* las Indias había sido un fracaso, pero añadió que era consecuencia de la falta de medios. Si los monarcas querían sacar fruto del descubrimiento debían enviar más barcos, más hombres y más provisiones.

Los reyes aceptaron todas y cada una de las peticiones del Almirante. Don Fernando, muy hábil para las cosas de gobierno, admitió que las razones de Colón eran justas a pesar de sentir una gran antipatía por él. Doña Isabel, que tenía una fe ciega en don Cristóbal, volvió a concederle su apoyo. Sobre todo al saber que la nueva Armada tendría un carácter distinto de las anteriores. Ya no se trataba de explorar o poblar, sino de cristianizar, de extender la fe católica.

A la mañana siguiente don Cristóbal me mandó llamar. Sabía lo que quería y me negué a ello.

—No, señor Almirante. No pienso volver a las Indias por el momento. Siempre os he sido fiel y leal. Lo único que pido a cambio es la licencia que os solicité meses atrás.

Por un momento temí que apareciese la parte colérica de su carácter. Afortunadamente prevaleció el elemento místico, muy dominante desde que echamos el ancla en Cádiz.

—Señor Bernal, flaco servicio haréis a nuestra Santa Fe Católica y a Sus Majestades los reyes negándoos a tomar parte en un viaje que salvará de la condena eterna a millones de almas. Sé que esta vez llegaré al Paraíso Terrenal, conquistaré El Dorado y regresaré con tanto oro que podremos por fin echar a los moros infieles del Santo Sepulcro.

«¡Ya salió el cuento!», pensé al oír aquello. Organizar una cruzada para liberar Tierra Santa era la aspiración suprema del Almirante Colón en esta vida.

—Santa ambición la vuestra —repliqué diplomáticamente—. Mas también difícil. Nadie en Castilla quiere ir a Indias. Tienen miedo, y vos sabéis que razones no les faltan.

—Me importa poco lo que digan o hagan en Castilla —chilló—. Si no quieren ir por grado*, irán por fuerza. He conseguido de los reyes una orden que me permite llevar cuantos criminales desee. Por lo que a vos respecta —añadió algo más calmado—, podéis hacer lo que os plazca. Con Dios, señor Bernal.

Por supuesto me quedé en Castilla. No fui el único. También los delincuentes se negaron a embarcar. Estaban tan aterrorizados que prefirieron seguir cargados de cadenas antes que subir a los barcos. Don Cristóbal sólo consiguió diez homicianos*, ocho castellanos, seis de ellos varones y dos hembras, y dos egipcianos*.

Nada diré sobre los meses que siguieron, pues no hay en ellos nada que merezca la pena recordar. Sólo mencionaré que el Almirante salió de Sanlúcar el 30 de mayo del año de nuestro Señor de 1498.

Mucho después, encontrándome yo en este mismo mesón, topé con don Alonso de Ojeda. Tras abrazarnos calurosamente, pedimos algo de beber y nos sentamos a charlar. ¿A charlar? ¡Miento! No fue diálogo, sino monólogo. Y os juro que no fui yo quien lo llevó.

—¿Qué tal va la vida, Bernaldillo? —preguntó para añadir acto seguido—. No hace falta que hables. Lo sé todo. Te he estado buscando estos últimos meses, y en tu casa me indicaron dónde podría encontrarte. También me contaron lo de tu dama. ¡Una pena! ¿Recuerdas que te dije una vez que harías el tonto si permanecías en La Española? Pues bien, estaba en lo cierto. Mira —añadió sacando

de la bolsa unos arrugados papeles—. Es una copia de la carta que nuestro amado adalid* envió a los reyes el 18 de octubre de 1498.

Incapaz de pronunciar palabra alguna, tomé el documento y lo leí.

—Es inaudito, increíble —murmuré cuando terminé la lectura—. Se ha atrevido a hacerlo. Asegura haber descubierto...

—¡El Paraíso Terrenal! —cortó don Alonso—. Y dice además que el mundo no es redondo, sino que es en forma de pecho de mujer; de manera que el paraíso se encuentra en la parte más alta, o sea en el pezón. Desconozco cuánto de verdad hay en esto —terminó Ojeda riéndose a carcajadas—; mas una cosa puedo asegurar: que la semejanza disgustará a más de uno.

—Ciertamente —contesté estallando en risas—. Me gustaría ver la cara de los sabios catedráticos de Salamanca cuando escuchen tan curiosa teoría... Rechazaron las ideas lógicas de Colón, y ahora deberán aceptar las absurdas.

—Cosa que nunca hará Juan Rodríguez de Fonseca —replicó Ojeda muy serio—. El Obispo carece de la imaginación del Almirante, pero tiene más sentido común. Lo único que le interesa es el mapa que acompañaba a la carta. Me entregó una copia para que se la enseñara a Juan de la Cosa —continuó guiñándome un ojo—, y nuestro amigo cartógrafo ha confirmado lo que todos sospechábamos. La tierra firme que Colón ha descubierto no forma parte de Asia. ¿Te imaginas, Bernaldillo? Un mundo nuevo, desconocido, sólo para nosotros.

—¿Sólo para nosotros, eh? —exclamé un tanto enfadado al ver que Ojeda me estaba contagiando su infantil entusiasmo—. Diréis más bien para Colón, porque él es el único socio de los reyes.

—Digo sólo para nosotros y digo bien. Fonseca piensa que don Cristóbal carece del talento necesario para una empresa como ésta. Por eso, me ha autorizado a explorar las nuevas tierras, respetando, eso sí, todo lo que Colón ha descubierto. Sólo hay un pequeño inconveniente. Las armadas cuestan dinero, y mi bolsa está agonizando.

Durante unos segundos mi cabeza se llenó de pensamientos contradictorios. Por un lado quería volver a ver aquellos hermosos países; por el otro, estaba cansado de perseguir un sueño que tantos y tantos problemas me había dado. Finalmente, lancé un profundo suspiro, me encogí de hombros, y dicté sentencia. «¡Da igual!», murmuré para mí. Luego, alzando la voz, pronuncié la frase fatal:

—Me quedan unas pocas piedras de oro*. No son muchas, pero os las ofrezco de toda voluntad. ¿Cuándo partimos?

Hay poco que añadir. Nos trasladamos a Puerto de Santa María y comenzamos a preparar la expedición. Desgraciadamente, el dinero que reunimos sólo cubría los primeros gastos. Por tanto, nos vimos en la obligación de solicitar un préstamo a una banca.

Compramos dos hermosas carabelas que ya están preparadas para partir. El 28 de mayo del presente año de 1499 regresaré a las Indias. Lo que allá me espera es cosa que sólo sabe la Providencia. Y aquí termina la lección, mi buen caballero. ¿Os ha gustado?

# Vocabulario

**Adalid:** *Caudillo, persona distinguida.*
**Adolecer:** *Enfermar.*
**Aldaba:** *Pieza de metal que se pone en las puertas para llamar golpeando con ella.*
**Amazonas:** *Mujeres guerreras.*
**Bizcocho:** *Pan sin levadura que se cuece dos veces para que se seque y dure mucho tiempo.*
**Bohío:** *Choza de ramas y hojas.*
**Carraca:** *Nave de transporte de tamaño superior a la carabela.*
**Cemí:** *Dios de los antiguos indios tainos.*
**Cemíes:** *Forma plural de* **cemí.**
**Chancillería:** *Tribunal superior de justicia.*
**Difícil conversación:** *Difícil de tratar.*
**Disforme:** *Deforme.*
**Ducado:** *Moneda de oro.*
**Dueña:** *Ama de llaves.*
**Egipciano:** *Hombre de raza gitana.*
**Encueradas:** *Desnudas.*
**Endriago:** *Monstruo mitad hombre, mitad dragón.*
**Ergástula:** *Cárcel.*
**Esforzado:** *Valiente.*
**Flamencos:** *Naturales de Flandes, territorio comprendido entre el paso de Calais y el río Escalda.*
**Gran Khan:** *Emperador de China.*
**Galanes:** *Hombres apuestos.*
**Guamiquina:** *Jefe supremo.*
**Homiciano:** *Asesino, criminal.*
**Katay:** *Nombre que se daba en Europa a China.*
**La Española:** *Nombre dado a la isla de Haití.*
**Lengua:** *Intérprete.*
**Maese:** *Persona experta en alguna profesión u oficio. Maestro.*
**Magnánima:** *Generosa.*
**Malsines:** *Personas que hablan mal de otra. Calumniadores.*
**Manatí:** *Mamífero acuático de grandes proporciones que vive en las aguas de México y las Antillas. Se le llama también* vaca marina.
**Mancebo:** *Muchacho, joven.*
**Mar Océana:** *Océano Atlántico.*
**Maravedí:** *Antigua moneda castellana.*
**Maravedíes:** *Plural de* **maravedí.**
**Maromas:** *Sogas.*
**Ninfas:** *Diosas de la naturaleza.*
**Onza:** *Medida de peso castellana equivalente a 284 dg.*
**Paladín:** *Caballero que se distingue en la guerra por sus hazañas.*
**Peones:** *Soldados de Infantería.*
**Peregrina:** *Persona, acción o cosa rara y extraña.*
**Piedra de oro:** *Pepita de oro.*
**Plegue a Dios:** *Quiera Dios.*
**Poblar:** *Colonizar un país o una región.*
**Por grado:** *De buena voluntad, voluntariamente.*
**Preste Juan:** *Monarca fabuloso de la Edad Media.*
**Saltear:** *Asaltar.*
**Sobreveste:** *Túnica que se coloca sobre la armadura.*
**Sueltos:** *Ágiles.*
**Vicario apostólico:** *Nombre que se da a los obispos responsables de misiones.*
**Untar las manos:** *Sobornar.*

# CUENTOS HISTÓRICOS

**Títulos publicados**

1. El Gran Escarabeo Verde
2. Telón en los Juegos Olímpicos
3. Viaje por Hispania
4. La esclava y el guerrero
5. Los peregrinos de Santiago
6. Aventuras en el Cibao
7. Un espía en la Corte
8. Jean Pierre en la Revolución
9. El tambor de Talavera
10. Los refugiados de la guerra